Evincepub
Publishing

Evincepub Publishing

Parijat Extension, Bilaspur, Chhattisgarh 495001
First Published by Evincepub Publishing 2021
Copyright © Atur Bey 2021
All Rights Reserved.
ISBN: 978-93-5446-123-1

KLODOP ASEK'IK

(The Drop of Tears)

—◆—

A Collection of Karbi Modern Poems Written by Sri Atur Bey of On Bey Arong, DenArong, Karbi Anglong, Assam (India)

Atur Bey

HERAIBEN SENGVEKANGTHIR PEN KAPANONG !

Alanglitum ajok pini pirthe kachechardun Neli Kachinghonnei Po
Den Sing Bey Lapen Pei Reena Rongpipi arideng…

"Poetry Should be great and Unobstrusive, a thing which enters into one's soul, and does not startle it or amaze it with itself, but with it's subject."
-John Keats

ANGHAP KANGPU ALAMTHE

"KLODOP ASEK'IK" Alamthe karjulong anta mun klovi. Ning kachechap, kachihung alam pu vaidak pen chini. Achethe kedo api anke aning kachehang dorep. Laso ning kachehang angkang tangkor tangsak pente marat mareng atum litchet. Marat mareng pente votek voso atum litchet. Kilitnei kangtuinei tangte munit munor angbong helo. Kachihung alokot kangvai pu alamta nangdokok. Kangvai pulote kakhindeta dodunkok. Laso kachikhinde seroi helo ning kirundamhup titi adim lo. Kamatha parsikthek atum, aning adirda arnukrung atum pulote labangso abi tanpik. Kai arjon tene un'e. Mekri meklang kaita birlangtang. Abang pen abangke kithi kerengta chipu thekthedet det, laputa do.

Hirbang atumke aning adirda arnukkrung. Laso apotsi ning kachedok, ning kirunta atirsem litchot. Thare Atur Bey inut ahirbang, inut alunsepo. Arta sita mongvepi nanglebar bar. Pangrumpet kachihung ahirjir abotorpi apor. Laso achap along kethappon ajahak ahirjir porhe lote nelilam ajor theklongvekji.

Atur Bey ahirjir kaporhelong ningkan phli pho dolo. Jasemet penke "Karbi Hirjir Achatai" along. Adak adi hirjir/hirbang amei along kihir ahut hut. Alangli hirjir me heno pu kaningjeji ajakong neli ave. Anparta laso alam kaningje nangji aporta nanglele lang. Mo arnisi ningje long'aiji lapen ningje abang doji. Neli jongjung abangke alangli hirjir ning dok. Lapu'an ning kedok alangli hirjir jirthom phli neli ahom alam larsi lamsai along lopi long lang, keklangta klangdun. Alangli lamthe pangrumthek, ingvaithek, ardi linthek. Kenangsot adim kenangsot alamthe pechothek. Inut ahirbang angthek puke lapuson henlo. Muthe alanglike inut hirbang kedam akrong chinidunbom lo lapen toktaklak sita kengkam chejordunbom lo. Ephrang ili inut apun achak choklim ahirbang longpo. Ning thekklong alam lo.

Ovekimi kabonda ahirjir pulote nelike ardi pipik lapen ning aklong pen kaporhe he. Kevangbom arni ilitum ahirjir araje mumang kopusonji ma lasi neli kelang kangtung. Hirjir amethang lapen hirjir aphuthak kopine ketok nangji lapen kaningje nangji pulote apor nangkok. Tongsekot pen kopine ningjepor abangke thekthedet lapen chokta chokchedet alam pinak. Hirjir aphanke inghon nangkok, lana nangkok, pinkham nangkok. Dak helo inut jongjung lapen hirbang atum kacheprekdam adim.

Atur Bey chupinkhatdun adim ave. Non malom pirthe angkang, det angkang lapen tebok terai, rongber rongthak akhei ahirjir porhedun pen tarlipdun pen arnisi alangli hirjir ta pirthe adang juidun longji lapen pirthe longle ruretik krimkre banbe dodunji pu nelining kethe do. Ilitum ning thenaknedetji pu chonghongphrong lonang. Ephrang kevangjisi ong alang. Muthe alangli hirjir pen che'o'edet nangpo. Arnam perapdun lonang.

Kardom.

Hangmiji Hanse
There 07, 2021
Hongkram

HIRBANG RAPRAPSI SENGCHEPATHE SEROINANG PUSI NELILAMTHE AJERSO......

"Klodop Asek'ik" ahirbang aphanke hirjir achili kangdir ahut penta neli chichini dunkhak. Alangli achilithai kelang arni sita neli adung areisi krungdungchen asonben. Athe neli hirbang aphan neli'ok, neli'artho bensi kachekam ajok tahai.

Hirbang Atur Bey Karbi akhei aphan chinghonpik tahai, Lasi Karbi achethe apharman "Lammet kave akheike kithitang, halabangso akhei aphan phurkimota kithi-kereng abirta en'e" pu Lunsepo, Tokbang Chandra Kt. Terang kaningje alam nonhetjongsi pirbi nangkahachelang pusita pini ardi kipi pangchenglo. Alangli aseng along lam, lammet aphan angkur kapachesakji aningkehang henlo khei aphan kemenai angthek. Lammet aloti kengkam kachejorke klolin apor sampungvet konatne kemang anat chelobom pen asapta cheprekpre. Kengkam kachejorbom esek edung erai erai ekomdun amonit kadore doveklo. Lason akengkam alangli angthin thedungpen kachejor aningkehang apot mo aphi a'ove aphan ale dovekji pusi munthilo.

"Klodop Asek'ik" ahirbang hirjir achili kangdir ahut penta adung arei dodunlo. Komentutong ahirjir aklim vangra arong aro nangkangtangdet lone keprap pudun thekthe. Nonke Atur Bey ahirjir along sumsi atum apor apor pen abin kachetebin kelongthupo. Lahenlo Atur Bey lammet aphan aningkehangpik angthek.

Atur Bey kecheng alom kabonda ahirjir amokhata neli langdunver lapen non malom kabonda ahirjir sitame neli langdunbom. Lapen la "Klodop Asek'ik" akitap along keklangji ahirjir do'an sitame neli kelang longtang ahirjirsi ke'ongpo. Lasi alangli hirjir kelanglong do'an pen ethe alam pudam un, Ningkan ingkoi, Thomkep aphrangpen Karbi alammet along atomon nangkilut akimi ahirjir (Modern Poetry) amanim alangli hirjir along kangnimplung theklong. Alangli kabonda kecheng pen nonpu an kabonda ahirjir alomta aban ahirjir amanim klankle. Hirjir amokha along ajir kave ahirjir, kapangbar ahirjir, arjan kihi ahirjir, hokpet alammo ahirjir, thekdunlor pen kabonda ahirjir, Lunjir ate'ot kave heihui angnimsi alangli hirjir along klangbom. Lasi lahei pen langdamlote alangli hirjir alongke kaikimi ahirjir a'otsi cheklangdaklo. Lasi Atur Bey inut kaikimi ahirbang pusi neli jongjung hok ingtung. Non "Klodop Asek'ik" akitap along keklang do'an ahirjir sitame ke'ongdungke kaikimi ahirjir a'ot kacheklangsi theklong.

Hirbang aningkiduk aning hangpik. Lapen aningkachepa'oi kethek angthek ke'ongdung ahirjir along theklong. Lasi Atur Bey ke inut aningkiduk kachipithek ahirbang ason pusi neli kroi ingtung. La "Klodop Asek'ik" ahirjir along hirbang amekkri longle athak keklo alam hirbang lasonsi kipu-

"Ebuvet tame sengve kangjir archim

Sonsuri alamthe ponsi durmi rap tanglo

Alongduk keprat emu anke

Monjir vangsi nangparonang" – Hirbang kopine kethedung aning kidukthektik ahut kekloprup amekkri komatne inut anke nangpachini nang pu ahut kihumpon Durmi, Longduk heihui alamthe henlo hirjir aphan arjan kihi lapen ethevet alamthe pen kethan adang kapathedam.

Puthot Hirbang aning kachepa'oi "Mahun pen sengve kijui" pu ahirjir along langdam lote- Mahun mate Inghun alamtheke Karbi ahamphang along ningkiduk lapen karliji, karlitang alam pensi kapangbar ke'ong. Labangso ahirjir along hirbang amethang aphan Mahun asengve ben mate aningkethe kavesi theklonglo.

"Mo arnisike ladak pen

Pejo pen kedam lote

Maduta arki angdeng arju longledet sita thek

Sintu apu ason akanghon

Ingthir'et pusitame

Nephan nangpajir detri"- Hirbang Kanghon aphan Mir apu pen pangbar damsi aningkethe kave kachepaklang theklong. Mir apuke alon dopik sitame alon akeder aphan kali. Kikri lote kapapu kecheng akelangme ave lasi Mir ason akanghon nangne pu hirbang kaningri chepaklanglo.

Hirbang kanghon aphan aning chethe parpe. Lamchak chipi pame sita aphi arnike lamchak do'anta kelam mansi kachekaknang amongve japdet titi pu hirbang sengriver-

"Ne dampo

Nephan nangchiri rinon

Pu'an arni pen sengve arlo kabirti alam do'anta

Mahun ben plang tanglo.." (Ne dampo)

Kasengri ate'ot pen hirbang akhei, alongri aphan kachinghon sitame dopame. Alangli Karbi alongri arup arje ben keman Kangthilangso alangsun aphanta chinghonpik. Laso alangsun along arnisi arni ki'ik keman ajok Karbi ahamphang aphan penang'an nongno vangsi hirbang Kangthilangso alangsun aphan kachijinso amekkri chepajangprup theklongsi pulo-

"Kopi tong chemanpo ne

Nephan pu'an nongno nangkejoke

Somindar adang chethangplup anke

Litthu onglo nongno nangkipike"(Kasengri)

Hirbang Atur Bey ahirjir along porhibang atum aphan arjan penta kethanthan theklong. "Alank Chorprui aser" ahirjir amen along amat sitame isi a'arjan ilitum theklonglo. Alank chorprui aser pulote ahokpet kali mate kaparjanchot aphan binonglo. Lasonsi-

"Nephan neri nekeng

Nangke ot'rin ahut

Kavolu pen nangchoningri (ta)

Nelamthe thangnat ajor ave" (Alank chorprui aser)

Athak angkung along sitame hirbangke arjan pensi rat aphan paklanglo. Nephan neri nekeng nangke ot'rin ahut pulote kithi kejang abang aphan kirung pon arjansi hirbang hi ponlo.

Lasi Atur Bey ahirjir langplir lote hirjir arong , aro nangkangtang pangchenglo . Alangli hirjir kabonda angthun pamitmera ahonjeng jengbomlote arnisi pirthe ahongchatai along kapangbardun unji ahirjir manvekji pusi ning chepathelo.

Kijutsi, Hirbang Atur Bey aphan ningkachethe dolo, kevangji arni alangli hirjir arnisi khei hamphang along amonjir japsi lammet kechan pu chethangponpo. Ning aklong pensi alangli lammet aloti menphruplung,

The'angven a'arni pamanbom lonang pu arnam along hirjume hangpilo. Alangli kechengsi akitap "Klodop Asek'ik"rat along sera ason arje pachemanra rat panghonri lonang. Athe rat akanghonle kelonglote hirbang atumke kerengtheklo apot.

On Teron
Thangthang 07, 2021
Rongthelu(Amlokhi), K/Anglong

HIRBANG ASENGVE ALAMTHE MASAP'O

Bihek ahut mate ingdeng therok charlibom ahut pen manpeng kedo atokbang atum hirjir lang pen neliphan ning kirung lapuson arjan si nangklanglo. Alanglitum ahirjir langpen hirbang keman kangtung lapen hirbang amen kar'i ajok halaso ahut pen sengve arlo nang dokok asonsi man lo. Neli hirjir haihui hirjir apun dun lone dundelone, neli chechinine. Lahai aphan hirjir pu kehok ta jongjung aphan kachojak thektik titi. Sengve archim along mentune pen ebubu pangrum dun pen ingsir dunsi neli birti dun iklo. Neli lammet ahin kengkam kachejor kecheng ahut charli rapet jirpi jirpo atum ning nang kirung lapen hirjume nekepipi ajok neli lammet aklim rikdun lang lang. Neli katikidun alammet aklim me heno sankur Karbi arat ingsai ikpo pusi kaiketa ning kachethedo. Neli chojak thekthe sengve aklong pen nang kacharchim archim abu sankur arat sengve hang abang doji mene lapen akanghon longjimene pusi **"Klodop Asek'ik"** Alothui Karbi arat angno aklimben rikdun lang langlo.

Kot lapen Phonpen le neli kepasim lotangte sengve arlo nevibong keklem lapen kaphere -so arki lapen arjan kaiketa checharplot sido. Kopi apot lone jongjung aphan thang chingsai thekthe. Jasemetpet neli sankur arat aphan dia chohang iklo, neli kasonse ahirjir along komatne aphan roklok pusitame seng oi'ik nangne lapen kaike seng aklong pensi neli hirjir alothui nanglitum deng ikpo pusi ning chethe iklo. Ning aklong pen ningkangsam kachoro lapen akardom pajir iklo 'Klodop Asek'ik' alothui nekelangpi doan arat aphan tame.

Monit akai along komentune sengve karong komentune sengve ke'oi thangchipu thekthe. Hirbang aphan mentune mentune pen dirda amonjir kejap alingsi mentune pen lamthe isi isi sengve archimben pangrum dunsi birti dunbom si Karbi alammet apuru along kangthi idun pu aphan chot lapen asap akerap long pon po akemang pen pini labangso alothui kepaklang ajakong kachelong binong. Neli kasonse alothui alongpen ovekimi atum aning rungsi lammet along kengkam nang chejor dunjimene pupen thekthedet chokchedet pusitame neli 'Klodop Asek'ik' paklang ikdetlo.

Labangso ahirjir alothui neli kachesik ningkan isi aprang penlo sitame neli mena jongjung ta kecharli bom lapen hem ta keboi katora kethepik ajok kepaklang ji aphan jakong kadure nang do'ikkok lo. Pining ansi cherap cheto pen bangso alothui paklang pon ik longpinlo. Jasemetpet neli chorovek nangji lake ne kachinghon nai nepei, nepo, ne ik, nebong lapen dorap doan aphan. Athe alanglitum neliphan kaike ningkirung ning nangkepathe dun pen neli katikuk ahut jakong, bidi sore pen chenglok ason ason alam nekethan dun dun. Alanglitum lapuson bidi keme nethan dunde lapen jakong nangpi dunde pulotangte neli Hirjir alothui tame ketok chopatang ik un'e detji lapen neli tokthekthedetji. Lapen puthot neli chorovek nangji lake Jambili Literary Foundation klembang kedo an aphan athe alanglitum pen ajoksi pini neli kasonsele thekthedet pusitame rat nang kachinike alanglitum ajoine pusi kaike ta neli chipu. Tok sita toknakji kasonse tang apot rat along damde liputangte halaso apor ahut klolin apirthe pen puthot katheang aloti along nekevan lapen kaike bidi sore nekepidun dun ajok nelikai katheang atur longlo pusi neli mena jongjung aphan chojakthethe chehokpon ikdetlo. Longku lapen Herai asonben sengve kangsam kaike vir un'e neli kai aphurkimo along ser adak pen neli chelakha pon tanglo. Neli L.P. School lapen M.E. School charlibom ahut karbi asubject along mankedo Hirbang atum amen si neli arju iklong chot chot sitame pini arni neli alanglitum pen kachingkilong lapen kachetong iklong lake nanglitum Jambili Literary Foundation ajoine.

"Inghun Along Ingjar Dunjite Inghun Ason Kamatha Pangchim Dun nangji" Pu koan ne ardi kedo alamthe neliphan Facebook along nekethan. Neli nonpu arni tengne un'e lapen labangso alamthe neli kaiketa munthi ikver sido. Lapu anpin karsik alamthe lapen ardikedojot alamthe neliphan maduta nethan abang ave lapen nepu abang ave. Labangso alamthe pen neli penang an a ot chelar iklo pusi neli jongjung aphan neli chehok iklo. Labangso alamthe nekipu abang maduta kali inut man kangtuipik lapen neli ning kachingsam anparata alangli hirjir kelangpen neli ning kirung dun lapen lamthe kimi kelong long ahirbang Sar Khorsing Ingti henlo. Ning aklong pen nangliphan choro ikpik lo sar neliphan lapuson ardidoklong alamthe nekethan apot. Nangli lamthe pen ajok neli penang an akerap long pon iklo.

Sengve karong chipu thekthe pin sido. Neli kopai pusi neli chehok pon iklo neli ning kedok nai lapen neli ning kachethe nai ahirbang atum along pen neli lothui along lamthe kelong pon ik ke. Alanglitum apor kadure pik angbong pen puvoi phit pusitame alanglitum apor chipi pen neli lothui along lamthe nang kipi dun apot man kangtuipik atokbang Sar Hangmiji Hanse lapen ovekimi angbong pen man kedo ahirbang Sar On Teron alanglitum banghini aphan ning aklong pen suri suri kachoro pajir iklo. Alanglitum alamthe ahirjume nepidunde pulotangte labangso alothui neli kepaklang plenglimle. Bidi sore pen chenglok aron atang nekethan dun lapen neli hirjir kelang apor kadurepik angbong pen apor nang kachipi dun ik apot mentune ta alanglitum aphan neli tengne ne lapen tengne un'e.

Puthot neli choro ingtung neli bihek pen charli apet animsopi Sami Ruplin Timungpi aphan, athe alangli aning keme pen neli phan bangso alothui kepaklang along jakong horang nang kacherap dun ik apot. Kevangji arni tame non ason nang cherap dun bom ji aphan neli ning aklong pen nangliphan choning iklo.

Keklarbor apirbi along kesomji sengkehang dosi neli Helik-Herang, Ingsu-Arhang, Arni-Arve pupe panungkuk lapen patujoisi lammet kepachan mate kasonse sengkehang dosi neli lammet kasonse anat kengkam chejor dunsi sonse dun iklang langlo. Neli kasonse doan ahirjir elongvet pangrumsi pini arni kopai keme 'Klodop Asek'ik' pu alothui nanglitum athengno nang hodai iklo.

Niphai : Thangthang 03, 2021
Nanglitum akanghon,
Atur Bey
On Bey Arong, DenArong
Ph. 9101464232

ASON-AMUNG

KLODOP ASEK'IK

Anam ke -
nangta chinine langbon.

Ebuvet tame sengve kangjir archim
Sonsuri alamthe ponsi durmi raptanglo.

Alongduk keprat emu anke
Monjir vansi nang paronang.

Klolin ahut malongding
Atur anta kadure.

Sumpunvet amonjir nejap lote
Sengve arlo karbirlak asining
Mindar nang ketet ji ason.

Sengve kangring klovi....!

Himaloi Anglong archim
Pensi sek'ik kijui rap
Kilikreng aroi pusita
Langbi isi cheman tanglo.

DURMI ALONG ARCHIM ISI NEVI

Nekai sungpik tanglo
Achitim sido-
Aklong ta phophe athak ta inglangle.

Kanghon apunsir ajo
Koan lone keparongro dundetpo?
Mukak alir alir kalakha rupha etaplipo.

Nangta neseng alamke
Chininedet chenam lobon.

Jongjung aphan
Kachelang selet thektik lobong.

Kanghon kelong ketangre
Koan sengding som nang jilangne?

Kaike klolin pen kacharvo nang
Nonpu nephan nang chekak ke,
Ne chechak un'e lo bong.

Nang kanghon araki
Kelong chenam lo.

Ingtur ariri alangroiso
Nening, nepok, nekeng raptanglo.

Nerep nerai ranivang
Sek'ik alangroi kili neteng un'e lo.

Mangmun along
Chompen ne chephosap sido.

Nephan nekemat ahut nedungsi
Nang dovek nangji,

Nang rijak pensi nephan
Pelu nepe'umvek nangji
Mo neta cheparoka idam longjimeme bong.

SOBAR BEN ASENGVE NANGNE

Kanghon abari along
Tangdam lotangte
Sek'ik aklim pen
Thangta theklongle.

Nang pen katikirap
Kanghon aklim do'an
Nonke virtanglo.

Sumsi kachiju
Amonjir nejap lotangte
Sengve arlo suri suri alamthe kijui
Ne chechak un'e lobong.

Chom richo pen
Hovang nehang pinon,
Sengve karong asintu apu
Hachom si papudam pamepo bong.

Nang lamthe akedok akethu along
Kangbo dun dun ajoine lobong,
Pini kanghon apirthe along
Sek'ik arong kevang nang.

Thirklong alamchak
Nang nekepaprai bor'i
Pusi nang sengrengme manang?

Kai aphirkimo along ser adak pen
Nang men lakha det aphi
Apor amongve along kachingbedun
Chojakje manang?

Non ke nechini pame lo
Sobar ben asengve
Kanghon kajinso thang chinine.

Ganga, Yamuna alangpi le
Parbip damta suri apap prai un'e;
Mandakini alangpile
Nang pangrom pon lo nang.

Ne kai aphurkimo alongpen
Himalaya archim along
Suri suri alamthe
Parpu ponsi chelo tanglo.

*NB:- Niphai 31st Arkoi 2021 5th Langpher Fest along chesiksepin pen ketok
ahirjir.*
Ketok nangji aphuthak :- Ningkedok arloso/pinso pen kachekak.

SUMSI ASE ANGTONG ALONG MALOMSO NANGJUI DUNTHA

Sengri tanglo
Langroi langjeng, longku longdang
Inglong arlok;
Sengri tanglo
Votek voso, Botor-bokan,
Thengpi thengphang kedoan.

Pirbi alir kevanji ajakong bopbom tanglo
Pilongri asek'ik
Akelok pen ake'er kirla tanglo.

Nehem apang kili ponput kona adong
Non tangte aroipi mantanglo;
Kithirtang ahemtun
Aribonling sido.

Ketang chejinsomeme henlo
Komentune kiruji chipu thekthepin-
Linglanghir sido.

Komatsi khang un jilang?

Adaprang ahunmelan
Mahun ki'ik nang kachekirla
Sumsi amek lokdunprat anvetpo.

Monjirso pen mongvepi
Nang kirla lotangte
Sengkarong, kanghon kajinso
Do'an aklim kachingdonbongpi
Klip jokjelo.

Seng kachethedam ke
Mandakini amonjirso
Nangjap lotangte
Kai ason klarchen dolongji.

NANG DAMJUI CHENAM POMA?

Non ke nang pen ne angbong
Ethak Malongding ason
Cheman tanglo.

Heloving pen nangtangchot
La'an henlo non ke nejakong.

Jonghe jadi tame nangphan
Ne nang chekam un'e lo.

Non ke-
"Ne karjong henlo ne Bajirong"

Ne kaheman dam animsopi
Halaso kanghon kethepik ahokpet alar
Nahokta longdam un'e.

Nang pen anpar maduta
Sengve nang pangsam un'e.

Nang phan katengneji adim ave
Nang kanghon maduta lar un'e.

Mangmun along kaike nangpen kijuirap
Sengve arlo dirda praipre kanghon;
Nangle nedung do asonte
Kanghon apirbi koan kelangme jine.

HUNMELAN PEN CHINGBARKRI AMANG

Komatlo...
Klolin ajo kavolu ase angtong
Nichi anat pen nang kepalengjon?

Kemanghuprong asumsi
Thangnat chinine,
Sengve keboi koan lone.

Ningme abang judam loma?

Hunmelan pen chingbarkri amang
Sengve archim along ingjar duntanglo
Nang sarti aso non ke
Ne phan nerore tanglo.

Sengve kachethe ajakong
Himalayan archim suding chelotanglo
Suri suri alamthe parpu ponsi.

Botor asintu ason
Jonghe alon dotame kri nangkok.
Plipli pejo jonghe volutame
Kikri ahut manim pithek thelo.

Non ke nejakong avelo
Sengve kachethe jipuke.

KANGHON ALONG MAJITSO KACHOJAK

Machar pen theklok
Sita ne nang patebok un'e;
Ethak Hinchong ason
Machar pen nangtangchot anvetlo.

Nang karche asintu amanim
Ne ingnim ne puta jokje;
Kanghon abari along athesere
Ne nang kanghuhu
Non tangte kedok kanempru araki long tanglo.

Ranivang kachojak thektik
Nang netam det napu.
Machar pen tang theklok lote
Nesengve soktokprup titi.

Sita kopulang
Kanghon ajok saijokje
Klolin ahut tame nang karche athesere
Joijoi pen kanghuhu
Sai jokje nang humri nangkok lo.

PARAI HENLO NEJAKVE

Ariri dungkek, tusot vangbang
Chimitme ranivang kevai.

Bong'oi nang sang adilung along
Nangta jirhu nangvai duntha.

Nang kepangreng amaino nekethan than
Nang birta, Nang seng alam ke
Ne arju longbom lo.

Mangmun along kethek longchot araje
Ko'ansi sengve chingsam unjine?

Serkido nang phan kepanong
Nejambili pleng tanglo.

Dungme nang chelojita
Katora thepik bong'oi,
Athak le lileta
Aklong ke hai un'e jakong thepik.

Telong le thipjita
Apunkechok adengmet
Emun ansidolang.

Nang ne inghong unjima
Non sengkan Ingkoi ra pho an?

KAHONDUK ASENG CHOM RAPLOK

Ne dono aret ret ti
Keklemhur a'ok,
Katharuntet aseng
Komatsi kachepahemphupo?

Sengve kiduk alunjir along
Dirda kangbo dun dun
Jongjung aphan thangta
Chebisar thekthe.

Kecho kijun, kedo kedam
Thangta chipu thekthe.

Neseng kopitong kemon ne
Thangta nepdun thekthe,
Alar nonke nesi
Neduk dodun aret lo.

"Neseng kopilo aseng kehang
Nang phan nang chethan ma?"
Anut anut aphan sengno ason karju.

Suri amuluk alongpen
Lamthak longle
Sengve klovi sido.

Samphri kichi lotangte
Nening nepok neraplok kepasi'i
Khok-khok pu aphongtin
Nang men kataram.

Vangnon, vangveknon
Kalite eboi antame.

RONG AJE PEN SENGVE CHEPHOSAP

Chungjir apor ahut
Rong Aje amonjirso
Neseng along nelut tanglo.

Tangtha!
Ar'e abutin along
Khei araje, pindengsumpot-
penchenglok nang kacheklang.

Jutang ate'ui
Somindar along japtanglo.
Hunmelan ben longri along
Tomthip sido.

Mahunben kangjarphoi asengveta
Jutang amongve jap tanglo.

Brahmaputra along pen kithur ahunmelan
Jutang aklam along krungdir sido.

Karbi akehai aphurkimo along
Ser adak pen kelakha ponrap
Suri suri akai a ove pachethan lonang.

JAKONG KEJOI

Tangka pen kijuirap henlo
Pini nang jakong kebop.

Nangse angtong aboitin
Tangka nang pajui dun detri.
Nang jakong ale eson bak
Chethek longloma?

Amukereng ave ahele ke'ap
Malomso katherik pensi katchotji
Mo nang kacherui lote pisi chemanpo?

Eportangte nangse angtong
Havar isi omplup sido
Vothek-voso, Marat-mareng anta inghu haihe.

Non tangte atukongtin
Aricho kaprek apotsi
Vothek-voso, Marat-mareng anta
Nang arkanjam sido.

Tangka pen kenam aman apot
Mo arnisi ke emek lokdun prat lonang
Ehem erit nang keparu ahut.

MEKKRI IPUM KASENGRI

Aphong aphong
Nang chobei ale
Non ne chethek longlo.

Achiklo ajontin
Tangka suri suri kepon pen
Nangtum Aphan nang chobei alam
Charli ahem along tangka-
Suri kep pinangji
Computer charli aphan
Tangka suri Ingkoi pinangjipu.

Sita pei la anchot kalilang
Jirpo along tangka ramdet
Suri pho pinangji pu,
Nangtum aphan chobei ale
Non ke Chethek longlo pei.

Non apor ne kisung thektik lopei
Nangtum aphan le thanji
Jirpo jirpi aphan le thanjita.

Nangtum aphan neseng along pen prairim sido
Ne nang pangthek thekthe detlo pei.

Hmm..!
Ne chokchepik anlopei
Atheke nangtum along pen
Kepon atangka do'an
Amu kepalar idam lap ajok
Nonke ne kopisi chemanpo?

Sarti birbanglang pen
Mekso er'ren pen anparke
Ne kai along thangta
Ale avedet lopei.

NESE ANGTONG AMENU AVE

Ne kavolu ase
Arju longle ma pei?
Pei...o pei pu
Nang kehang hene,
Nang ke arju longle pinbon pei
Ne nat nang tangte pinle .

Thung pharlo nang cheparjan pen
Ne nang dung an kevang
Nese angtong nang chebi ta
Nephan nang tangte
Nang kavolu ma kavolu

Pei... Nang volu aret rinon
Nang ok, nang pran ta
Aprang ason anke kalidet lo pei,
Nang jonghele voluta
Ne lasonthot araje ke
Nang chelo un'e loke pei.

Ne ing'ang along ketok apot lo
Sine pini arni simlir apirthe
Nang chelo jokje detlo pei.

Nang nangkethan than
Aladung ladung alunjir along
B.A, M.A, Doctor, Engineer peman dunpo kali pei
Simlir apirthe si nang chelo nangkoklo.

Aprang asonthot le un'e ta
Kaprek araje nang cheparjan pen
Puthot nang chelo thuji pei

Nangtum alongsine.

Nang sengchepa'oi angdeng
Chelakha rinon pei.

NE KACHINGHON

Lunjir ate'ot pen
Nang taram nangphan,
Hirjir ate'ot pen
Nang taram nangphan,
Nang konatlo kedo?

Arju longlema nelunjir ate'ot
Ne hirjir ate'ot.

Ahin ahin nangkiridam nangphan
Nang phan nangthek longlene,
Ne lunjir ate'ot pen nang taram
Ne hirjir ate'ot pen nang taram
Arju longle ma nekachinghon abang?

Nang konatlo kedo
Nang cheklang non sami
Ne nang chingtung char'i ong lo,
Nang phan nang kethek longle ajoine
Pranmui tame damjui ta theklo.

NE CHONGRONG DET

Puan keme apirbi pen
Ne chakak ingtungte
Atheke neri, nero, nekanghon anta
Bangso apirbi along sido.

Hala ahonjang charchak lokpen
Lunjir kilun ase nang palengjon
Rongpi hem nephi kalima?
Lapu neni sarpi ta
Lunjir kilun nang palengjon sido.

Ingdeng therok kacharli ahut
Jirpo atum along
Raki ahormu joijoi pen
Ne kirim dun ajok
Pini arni nethangta kalidetlo.

Joijoi pen ne
Raki ahormu kirim dun ajoine lo
Pini nangtum aphan
Sek'ik nang paklo nang.

Nele joijoi pen
Raki ahormu rimre asonte
Nangtum volu nangne detji apotlo.

Nangtum nang kethan alamle
Ne arju asonte
Pini lason cheman medetji apotlo;
Rengdok rengni pensi
Pirbi somdun longlang apotlo pei.

Kechengsi ke rimre pulo pei
Ne jirpo atum si nang kether nang kehap pen
Ne saijokje raki rimdun nangkok lo,
Rimrete ne pran ta nang endet ji pu nang kether pen.

JITSO ANTAME

Sampri manai along
Itum cheparje dunta
Itum ke un'e kanghon.

Langroi langjeng, talopi along
Cheparje dunta
Itum ke phodunde kanghon.

Ranam nangkipi itum aphan
Jitso akanghon pensi,
Pirbi kesom sengchepangsam i'nangpo bong.

Sita kanghon-
Nang phan ne nang mintapik
Jitsovet akanghon pupen
Nang seng derdudet napu
Kaike tane seng arlo
Kaphereso lapen kamintaso do.

Chuchu malom
Nang phan seng paderdu longle
Nang phan sek'ik ibu ta paklo longle pu
Alamchak ne nang kipidun
Lasi kaike tane kaminta.

Jitso akanghon pensi
Itum rengdok rengni pen
Pirbi somdun longlo kanghon.

Chobai nang chekobir thahe
Itum sengchehang alam
Eri pen ero tame

Charnam chedonklang;
Lake jitso akanghon ajoine lobong
Lasi jitso akanghon ranam nangkipi
Li khinde nangne kanghon.

NANG LAMTHE ALONG NESEK'IK NANG KIJUI DUN

Arni ingsamjin apor ahut
Nang urli along birta nang kipidun
Malomso vangra nang chetongtha pu.

Ne dothekthepin tanglo
Birta kelong penke,
Atheke nang phan
Kachingtung thektik ne.

Sengkan phli pen pini an
Itum banghini kachinghon aphurkimo
Alam nekipur non pu papleng un'e.

Klolin ajo nang pen ne kejui
Halaso arni asonthot ke
Sengve karengme ave.

Itum banghini
Hinchong atur kalakha
Sengve cheparong ne tengne un'e.

Nedung kave ahut
Nangphan jadi damlote
Aphir avedet titine;
Nang phan kajadi asengve along sine
Kijuidun ansi kapangthangdun.

Itum akanghon apirbi alir Kelangme
Mukak alir pen masap kacheprek ave.
Itum ke'e kesom atheresere
Non amek kevangji apor lo

Lasi masap ta kahelo cheloribong.

Thengpi thengprang le avete
Li chethe kedo api reng un'e ason,
Nangle nedung avete
Ne pirbi voleng dunji sungpik chenam.
Nang lamthe along
Ne nang kijui dun dun henlo
Nesengve kangsam nai lo.

Ne arju dordepik lang
Aseso pen nephan nang kiju alam,
Non pu itum aphurkimo aphar along
Pur lote chethek long long.

Ne keteng un'e alank nang kangbak
Nang nang keteng dunji kabor'i
Ansose sine nangphan seng kachingsam thu.

NANG INUTVET KALI

Somindar adang thebi
Nang inutvet chitinkok ma?
Thantu asonra nang dunkrikre
Nang nang kipi aling chonang jipu
Netum kroithekthe.

Puan arani pen
Duk sung netum chechak loilo;
Nang lamdok nang lamthu
Netum karju ajoine.

Pini anke nang chinilo thong
Nang inut sumsi aphan
Kachongthui anokbe chot puke.

Nang lamchak si plengsetlo
Eboi anke nang lamchak chepaplengtha
Rat aphan kachongthui-
Kapachobai kepamanghu
Alamchak ke nang piver nangnelo.

Ase ningke chak tangdetke
Ase ta arkli tha
Nang kechak alopengsi
Buihup lo karbi longri.

Nang kechak
Alopeng chepri asonte
Sumsi ahirjume kaike longji.

NE VANGJITA KOSON ?

Chingkike apirthe kosonlo
Ne kedo thekpo?
Phelang pen mehi nang kar'ut
Chom nang kepachechar.

Kosonlo…
Puthot ne kacherui thuji ?
Manghu mangram et sido;
Nephi ari charchak lokpen
Kilun alunjir neno longlet sido.

Ai…. Ne kosonlo
Kacherui unpo?
Ranam pharo kedoan
Nephan neraptha.

" Jirjar kedoan
Honjeng nangriklang
Nang sirkut methang
Ramphi nang pasang
Jipu nang homklang " pu

Ne phi alunjir kijut ahut
Karjudun long penke
Sek'ik aphan bai un'e tanglo.

NESENG ALOTHUI

Neseng alothui along
Thangta ave pusitame,
Nangphan kapanong
Hirjir isi ke longji.

Bangso apirthe along
Kechengsi kanghon aruve kejang
Ibu anke nangphan nangrojibo?

Anuttin asarti along nekiri
Sita! Sengve kachetheke
Nang sarti alongsine kelong'

Ne chinilo kanghon
Nekai along nang vangvek nangji.

Itum chekak un'e pin arjan kaike
Mangmun along keklangdong,
Nangphan sengve kachethe
Ajakong puthot nekelong.

Lasi sengve chethelo kanghon
Nekai along nang thirthip po pusi.

Arnivang tame nemekso keprang ahut
Nang raje theklongver nangjipu sengve kajadi,
Samphri atur kero kar'om ason
Nang nebang nangke papho lote.

Ne pirthe aphan sengve chethepik tanglo
Nang nekai along kevang penke,
Nangle masapbak katapli anta

Nekai kaike katapli ason.

Sita kanghon nangle kavolu lote
Nekai kavolu asengkan asengkan chemandet titi.

Lahenlo nekanghon.....!

"Nang henlo nechethe
Nanghenlo nekarjong
Nanghenlo nepirthe" pu nangphan ne nangkiju
Alamchak doan tame paprai detri.

Itum akanghon biri alongpen mukak
Alir kithur suri suri amuluk kachethan
Latum akanghon Ha'i long pen
Taineh Jirjar Long ason
Momo pirthe pachethang nangpu.

Lasi kanghon nangsengve aklong along
Ingthirvet pen nephan dimklong nethik pitu.

Velongbi lapen Harlongbi
kapinchong tekang aporom
Itum banghini ingthurvek nang kanghon,
Bangso apirthe along itum aphan
Khamkhe ave pulotangte.

Arkoi Thangthang achiklo malom
Nang chiphong nangrunme
Nang humripo kanghon,
Nang riro pen neriro jongsi
Asengchechap lote
Adam Asar ingthurphit lonang kanghon.

PRAIRIM

Nang lamthe karju long anta
Ne ning toksap chenam,
Sita kopai kelangno
Ne phan Ranam nang kehang ason.

Bangso apirthe along
Kengkam antane chejor un'e
Nerep nerai anta ne chetevar un'e
Atheke..! Ingsu arhang sidopik.

Sengve arlo nangphan
Kiturbong amelur
Ne karli arni mep jokjelo kanghon.

Juji pu acharnam nephan kapanong do'anta
Ne Karli arni sek'ik abu alongle
Nang judun non bong
Non ke nangju nangnelo.

Nang kanghon araki kelong
Nonpu thur un'e,
Nang vangsi kanghon araki
Nephan nang pame jibon pu.

Nang phan kachonghong
Arni plengdet achiklo
Achiklo plengdet asengkan
Sita nang raje masap theklongle.

Ranam pen ranivang kachingvai
Nelita angsong nangjui dunlang pune choningri
Nephan hovang nepi dappobon kanghon.

Nang pen kachetong jike
Mo akai an matik lobon;
Nele angsong kijui dunlote
Tong tong ke vangve bong

LONGRI AMELUR

Phurkimo along
Ser adak pen ketok rap
Hummelan asonben,
Thivin thevan keprai
Mekliplap sido.

Khei Longri amelur
Mongvepi vangsi
Kepaklipji angring thebom tanglo,
Durmi angprim kateroi
Sumsi aseng roi un'e chenam.

Bai…! Jinso ong
Ne khei meso langjang manjok jelo
Brahmaputra alank jongsi
Nang kangbak lote
Konat lo kesompo ?

Ai… Nangli pen neli
Halin lo jokjelo.

Sampri pen Manai ta
Aseng hokduk pikji
Alangtum atur nang kipi pen
Non kopisi ale dolang
Thang asim abon chibithekthe.

Sek'ik abu nam koan ne
Suri suri amuluk dota
Sek'ik ardi nepthekthe
Ning koiso arlo-
Kluk-kluk pupen anpar thangta arju longle.

Sampri pen Manai atur ale
Kacho'en thekji aphan
Langroi langjeng ason
Kemantang asek'ik
Suri suri amuluk
Chingrumra teng lonang.

DA ! KARBI

Chesong nang o karbi
Angdi angdi kengkam isi
Vangnon sarpi sarphu-
Aklim angphar kedoan pini
Li chejor nang kengkam isi
Dothip nang ning isi.

Bang kengsang asosi
Rai'et lo karbi longri
Bonta pisi dojoi likarbi?
Nang barnon o karbi
Chesong nang angdi isi.

Jorlang junchot akarbi
Che'o non jorlang atiri
Tang duntha khei kisung pini
Kesom ok chumhur anpin ipi karbi longri.

Amek kejang kachekrongchot akarbi
Nang prangnon nang mek pini
Chetangtha khei aphan nangli;
Ahoi adui kesom akarbi
Kaike somdun mekkri meklang pensi.

Da..! Chesong nang o karbi
Nang chejor non nang kengkam pini
Khei kisung pajok nang pini
Chesong nang o karbi.

KENGKAM CHEJOR DUN NANG

Da! Ili sokarbi kedoan
Angdi isi kengkam isi chejor lonang
Ha...! Jutang amei along an.

Aklim angphar kedoan
Sarpi sarphu kedoan
Angdi isi, kengkam isi
Ili chejor dunra
Mei ardi pidun lonang.

Bang lunsepo, lunsepi, tokbang atum
Charnam kachiju alammo
"Jutang kave akhei ke kithitang"
Lasi ! Ili sokarbi kedoan
Chinghon nangji ejutang
Lasi ! Itum chepavir kertang.

Aklim angphar pen sarpi sarphu kedoan
Mena pindeng sumpot chingthang pen;
Chelodun nang jutang along an
Pabat nang mena angthek ajutang.

KASENGRI

Kopi tong chemanpone
Ne phan pu'an nongnam nangkejoke,
Somidar adang chethang plup anke
Litthu onglo nongno nangkipi ke.

Ranivang kavolu ne
Lane sek'ik krengkre,
Bonta, nangtum nangchinine
La neseng honduk alamthe.

Ne lar'ri nemen, nemun ke
Athe pirthe kangduk, longle kangduk ahut sine
La nemen, nemun kachelong ne,
Lasi ne lar'ri nemen, nemun ke
Nemen, nemun pedo nang dak sopirthe.

Kisung keboi antane pidunde
Tekuk temang antane pidunde,
Bonta, potsi nongnam dokok lone?

Nethan non o sumsi nangtum le.

Neseng karong amumang ke
Nangtum along sidone,
Kepartang arani asonle
Seng nang parong non nephan.

Kumlin somji pusi
Somdet po akumlin ili,
Mo! Khei charvosi
Nang dothupo la netum havar arlosi.

NB:- Kapanong netum ahavar along kedo isi alangsunpi
"KANGTHI LANGSO" aphan.

37

KASENGRI "ll"

Ne lar'ri, nelar'ri
Pune choningri
Arju jedet ne lamdi
Kethe kiding atumsi.

Jadi un'e lone
Ne charnam arjuje det ke.
Klangthip social media along pini
Kangthi Langso akimi amen pusi
Chethang la mindar adangpi.

Pirthe kangduk, longle kangduk ahut ke
Ne la'an kisung keboi ave
Bonta, pini arni ke
Sengve oi angdeng nang dotang lone.

Arnam pharo atum ta nephan
Lane men Kangthi Langso puke
Kedo kethak kangthir apotsi
Nang ir kanglo Kangthi Langso pusi.

Kosonsi paprai un po pini
Athe dokok pirthe kangduk pensi
Nang lar'ri non dei o sumsi.

NANG PHAN AJOINE

Nang men tokdam
Mili mukoi along
Sita! Lank nang plik-plak thip titi.

Nang men tokdam
Sining angsong along
Sita! Mongve nang japthip titi.

Lasi! Nangmen tokparsik dam
Ne sengve asirkut arlo.

Ne ranivangta chini
Ne sengve arlo ketok amen
Maduta paprai un'e puke.

Lasi! Nang phan ranivangta
Nang chinghon ver jine.

NE KULAT ALONG

Ne kulat dodun kodokdok
Inut animsopi vangtoktok
Pekok nang paklangtha pukok.

Ne bang paklangdun lok lok
Anam chi un'e dokok
Padu chedan nangsai dokok.

Sami abang nangpu thukok
Ne ponver kesang akulat penlok,
Aphine bang pudun thukok
Kesang akulat along ta do'o pini pekok,
Longji thak krang-krang pini pekok
Hadak pen pon rongnon anam kijum pini pekok.

Sami bang katherak katthu nangkok
Ne bang charnam apar pudunkokkok.

Aphisai jokje nang chelothu nangkok
Keponlok ke nekulat pen apini pekok
Athe nelongdo likarbipimar atum kasonse apini pekok.

Aphi ne bang pudun thukok
Nang senghangvek apini pekok
Lang nangne anampu pudunkok.
Neta anam paso o'e pu chipu dunthukok
Neta rupha along palar i'dun nangkok.

NE LAMCHAK

Sining chingtonkok tathek
Aki'ik pen akilir kachelar ahut,
Sita! Ne ingtonte
Nang phan nang kachinghon.

Angsong kedo tur riri turbong bong
Achiklongso atur, chington kok tathek
Sita! Nang phan kedover kanghon ke
Kaike ta turbong sidoji.

Kitur bong asampri atur ta
Arnisi atur mepthip ta thek,
Sita! Nang raje nang bolon
Kaike doverji nelong.

Pirthe apum kai chelover aloti
Aloti chedam dedet tathek,
Sita! Ne chelo verji
Ranivang chelo ver aloti.

Nang seng chipabiri sami
Ranivang tane nang chinghon verji;
Sining, cheklolongso, sampri, pirthe
Chinton lap tame
Nang phan kanghon ne ingtonte.

PUTHOT AMAHUN

Sengkan thom-pli anpini
Nang seng dolangma nang
Halaso ahut ili kachechak acharnam?

Ahok tinkok nang charnam
Non puta neseng doverlang;
Ahut pen chematha let te lanang charnam
Ave nesengkarong amumang.

Batai isi matha lanang charnam
Mahun nangkehup lane sengve,
Batai hini matha lanang charnam
Urli mahun japvir si,
Batai kethom sining kharang-rang
Halasi ne sek'ik kavolu chenam.

Bai! Ne pitong cheman poma
Aphong aphong son cheman ke?
Voleng un'e lo bangso apithe
Chelo jui pone chomrongme.

Ne sengve nang kavolu
Cheman talo alangbi
Thep un'e non pu arani.

KLOLIN ASENGVE KASENGRI

Sintu nang manim keme
Kedo le heloving sitame
Nang manim kelong prang'i set titi ne.

Sengve arlo sek'ik pen kijui rap ahut
Tapli amunang kevan ke nang henlo.

Urli pen masap ta chepaheno ridei
Neseng kaderdu ahut
Seng nang keparong rong
Urli nang kevanpi abirta henlo.

Sengve arlo ketengpring alamthe
Koson sine ketho haipo?
Nangphan majitso abu nang kerolote
Voludetna pu aphoi ketan
Non pu thohaihe tengpring sido.

Sita..!
Mentune nang nedung nang kedo ahut
Sengve arlo kabirti alamthe pen asek'ik
Ne thojokje lobon kanghon
Mo nang chojakpik ji
Ne keteng alamthe le nangphan
Nang kerolote.

KLOLIN ANINGVE

Tiso rongvang apor
Neri, nekeng, ne artho nang kevung
Nekeng turhikhik ahut
Mangmun along nang keklang
Sumpungvet sek'ik aroi along ne telong kevek
Mukindong anglong ari'ri kijuidam.

Samphri atur dotik ahut
Ne kepangrum lamthe alothui
Klolin ajo sumpungvet ne kipur papleng un'e.

Don-rap, jirpi-jirpo
Neri-nero, neterme- neklirme doan
Nang kahumri arjan nang keklang;
Komatne aseng karong
Komatne kavolu arjan nang keklang.

Ummhumm!
Aklong kabirti alamthe alothui le
Kipur lote neseng aphan bai un'e detpo.

Mukindong anglong karluji dokdok ahut
Kapadusi alamthe
"Samphri kimi ahutsi
Puthot pirthe hache pame po"

SENGVE ALONG RUTHE ANGSU

Longthu isivet along
Banghini mirsa kedang
Seng dolang manang?

Telong isi pen
Itum talo kepar
Epai pai kangvui pon.

Samphri pupe, Ruve pupe
Itum kachechak
Le nangjipu kemang pen.

Sita nang seng angprim
Konat tong kateroi lone
Ne thang nangnepdun thekthe.

Langpi angbong
Nephan netekang
Detri jirpo ne phere ong
Jirpo ne phere ong.

An klolin apor
Langpi angbong nese omplup sita
Nephan kerap bang ave.

Sengve kachethe jirpo
Pini nang seng kirla jipu
Masap tane mathathe.

Monjirso vangjir ahut
Lamthe ne kelong
Sita lamthe keme puke
Masapta ne thek longle.

NANG MANIM CHOTLO

Nang ketang thek so'i
Itum banghini aphan
Talo nang kethak.

Monjirso along
Nang manim kelong
Ne sengve aphan
Padok chetorok titi.

Nang manim eboisi
Neseng kelong tangdet apot
Apor apor lote
Neseng nang phan kachiriri.

Ai..! Nang kesom along
Koson sine nang kepale unji?

Talo nang vekpet jita
Temong, pherui dopik;
Loti soding vangjita
Helik herang, ingsu arhang dopik;
Ingnam anat pen vangjita
Ingnam arecho nang inghongkok sido.

Apor apor ahut
Itum banghini karche
Kanghon abari along
Nang humriri tu angrong.

THEVIN THEVAN AHUT NANG RAJE

Mahun along kangjardun
Simlir apirthe kengkam kachejor ahut
Nephi nang kachelang thekso'i sido,
Inglong krehini kebat ahut
Nang raje hunmelan asonben keprai
Neseng alongchor aphan
Bai chetorok tanglo.

Mangmun along nangcheloji dei.

Sai jokje pen heloving adim nekevang nang
Kosonsi ne ladak sumdun thekji mati?
Nang pen puan kedo kachehelonang.

Nang sengseludu asek'ik
Nang theklongta ne nangven un'e,
Nang joparni parni kavolu
Ase angtong arjulongta
Arjulongnak lo kanghon
Thang amenu ave.

MANGMUN APIRTHE

"Ranivang lo nangphan
Nang kachingtung
Nang theklongchit lopo
Pini arni anke"

Nepharlo longke sengkarong
Kangnek kaningje
Nepo nang chelochit lopu.

Neseng arongchit ahut
Nepo aphan nekehang
Po….O …..Po pu,
Bonta! Thang alam nang thakthesi
Thivin thevan praitanglo.

Malomso aphi mekbur nang prang
Nepei aphan theklongsi
Nedung nang ingnilunsi kavolu.

Neta mangmun alam chemathadingsi
Ne sek'ik nangklodop dop lo.
Ne pei aphan chejinso ongsi
O…. Pei….. pei… pune ketaram.

Bonta! Nepei abangke nese arju longlok pen
Asek'ik kachepatu
Alang volule asonthot si
Ne phan nang chepaklang.

Nepei akeng along chepuhui si
Puthot nepei aphan ne arjulo
"Pei! Potsi nepo aphan kangki ta nangthakthe det titilo?

Pei! Potsi nepo thivin thevan lote avedet titilo?
Pei! Ne chingtung ongpei."

Nepei aphan lason alam arju det pen
Chejinso aret amat nesek'ik nanh kepalongchor,
Nepei nang kethanji kali
Nang kavoluthu.

Nepei nephan nangkethan than
"Hala sining angson along kedo
Chiklolongso nang kitur bong henlo nangpo lo."

Nang asap ta mintaripo
Nang po ta, itum adung araisi dolo
Nang po ta mo nang cheklangpo
Lasi, nang masap ta minta ripo dei
To po mekso jangjoi non.

THEVIN THEVAN AKOPAI

Kedam lote vangvelo
Mentune nephan
Nang chingtung char'i dotangte
Nang seng along nephan dimklong nepinon
Kaike nang longsi dopo kanghon.

Klolin ahut sengpi
Nang tanglote nephan nang theklongji
Nemen, nemun nang taram lotangte.

Nang dung ave nang phan kanghon ave puke
Masap ta jadi detri bong;
Nang kedam loti akrongtin
Thung pharlo theklongji bong
Hala henlo nekarjong lo.

Jonghe pusitame
Sengkan hini kethom ke
Sumpungvet somribong
Nang sumpungvet kesom araje
Ne nang lang un'e tanglo.

Nang sarti ariri kepalongchor
Ne seng along lankroi nang kili;
Thep un'e non pu arani
Nephan dia det non bong.

JONGSI NE DIRDA KAVOLU LOTE

Nang seng along pen
Kithur amahun,
Ne seng asampri aphan
Kepatibin dam.

Monjirso pen mongvepi
Nang chepharlo tanglo,
Sengpi ta nang kharang rang tanglo.

Sengve arlo aruve
Ne charsi jokjelo
Ruve abutin along;
Nang men, nang lamthe
Nang raje nang kacheklang.

Sintu apu ason Akanghon
Ingthir et sitame
Nephan nang pajir detri.

Asengkan sengkan kangjui un'e
Nang seng arlo kanghon amir sine
Ranivang ta kevaiji senghang
Sita, nephan kopai netang telobon.

Humm..!
Nang phan ranivang kachonghong aleke
Lapu anvet lobon bong.

Nesengveke nang phansi kaike tado
Jongsi ne dirda kavolu lote
Ne kopisi than dunpo
Nethangta chipu thekthe.

KATORA THEPIK NANG CHINGHON JITA

Thangta chiputhekthepin
Ne pharlo ma, ne bang kereng ma puta
Rupha nang kechok aret lone
Rupha nang kanghon kepalorloto lone.

Sampri angtang tong keso aret ne
Tomon,herai tong kethe aret ne
Thang chipudunthekthepin.

Pharla chongni lunsi
Chechak sen nedovaret.

Ne thengno pen nangphan
Nang kesan pon da inte dapu
Neke thang aphirta avedet lobong.

Suri amuluk kevang ne sumpungvet along
Nejakong bopdet lobong
Nang phan nang cherai dun jita.

Itum kachetongji ang'ang
Pini daksi kijut lobong.

Nang pen kedo kapalongka jikoson
Ekopai, e Ingang jongsi lason te
Jonghele itum sengchehang ta
Itum chekak nang jokjelo.

Nang phan kapanong akanghon doan
Nang phan nang kipi aseme doan
Ne rimvet sidoji,
Nang kedo konatne

Ne kedo konatne
Mo chomle cheren pin lo nangnang bong.

53

NANG CHELOLE LOMA?

Ne mek kapalukai
Nang phan nang kachitinsi
Neseng cheparong,
Ne no kapalukai
Nangse karju long asonsi
Along along nang kiridam.

Sengve arlo ke'op thip amahun
Ruve nang ketoi
Ne khang un'e tanglo,
Sopirbi along sumsi manghuji
Lapuson amongve nangkejap ke.

Jongsi-
Sumsi nangju lote kosonlo
Ne lamthe kipi dunpo?

Rupha echinine ako
Nang chelo non sengve arlo aruve
Nangpen anparke maduta
Paham un'e bong.

Tamhidi asintu
Amanim ason longsi
Nedung sidobon pu
Ne nangphan kachitin
Kasiludu asengve
Asap tapli nang chelarlo.

Tapli araje pen nangphan
Along along nangkiridam
Nangphan nang nangthek longle,

Neduk nangpiri non bong
Itum kanghon abiri along
Mukak alir paprai longri.

NANG HENLO MA?

Nang henlo ma
Facebook along asami?
Nephan nang kiju
Nang chetongtha pusi
Nang chelolo pini.

Kopisine phan nang kehang mati?
To punon sami.

Nang chepaklangtha eboi anke
Nang raje mumang tanglang.

La'an chojak nangne nephan
Nang kanghon pen
Nang raje chepaklang non.

Nang…
Nangke juji pu alamthe
Nang junon pini.
Chupen juji pusi
Nang chelolo nang rindi.

Nang seng along kedo alamthe
Junon nephan pini.

Nang he-
Potsi sarku chetibinchek mati?
Nang chingpu non
Nang raje abolon ne tanglang
Nang henlo bo Facebook along asami?

NON PEN KACHISIK APHAMRI

Labangso aphamrike
Ne prang aphansi panonglo
Mo nang nangchekakdak arni lote
Chelojuipo bangso apirthe pen
Laphansi kachesik lone.

Nangle nang chekakdak lote
Thang ale aveloke
Lasi non pen kachesik lone.

Mo nangle chekak dak lote
Sengve chepa'oi chot poke
Lasi, non pen chesik mek lone
Hokpet le jaditu ne phanke.

Sengve arlo kedo aloji sole
Kanghang dak lote pacherap un'e puke,
Maduta chinine abang ave
Lasi bong ahokpet le jadi tudei nangke.

Nang phan ningkok chere'e titi
Athe itum ke chetheklok ta
Charnam cheju heihe;
Charnam do'o jujike
Neseng pen nang chonche
Nang dungle dolotangte.

Sami nang che'o ri nephanke
Athe nang phan ahokpetsi senghangne.
Nangle nang che'o lote
Kachisik mek aphamri pen
Nang phan senghang ajoine kokthat chipidet jine.

Mo! Ne chelo det aphike
Nang jonghele volu tame
Nang volu jong jong poke.

Nang voludun nangne
Ne karli arni ke.

PO

Nang konatlo kedo
Nangcheklang thapo
Ne nang chingtung onglo.

Nang nangchelo jibon pusi
Ranivang loti nang cholangne
Po..! O… Po !

Nang nephan nang kethankang alam
Non pu neseng doverlang
Katengne un'e amumang asonsi
Vangdong lane mangmun along.

"Ne nang chingtung ong"

Nang phan popu
Nanghang dorde ako
Potsi netum pen
Heloving damjuilo?
Nang vangthuthe lomapo?

Ha..! Ne bihek ahut
Nang phan nang kachiriri
Nang phan nangthek longlesi
Ne kachiru kacharnap titi.

Halaso ahut nephan
Nepei nangkethan
Hala angsong along kedo
Achiklolongso henlo
Nang po lopusi
Kaike ta nang cholangding titi.

Po…! Ne nang chingtung ong
Po….! O….! Po….! Po!

NB:- Jorhat polytechnic magazine long hirjir kipi dunji pusi neli phan
nang ke choningri si neli ketokpi Ahirjir.

ING'ANG

Pirthe adang ridam et'ta
Theklongle nang asonthot ke,
Nangledo asonte pini arani an
Ne thang minta dunde.

Kopusi tengne unji mati?
Nang pen choboche rap rap ahut,
Rit jaidi along itum banghini
Arche rapet ke.

Jaidi le chelota
Sumpungvet titik amatsi
Kaike chelonang mekkri meklang pen,
Rit jaidi along lerok sita
Malomso angko chot sengkarong,
Nang phan le jadidam lote
Ne chekhang un'e kavolu jonghe jonghe.

Pini arni nang phan
Mir epu pen nang chekimo nang ke,
Kopusine kroi unji?
Nang pen choboche arani ahut
Puan seng karong pen boche tangdet ke.

Kopu lang mati?
Ing'ang along kedokok ajoine si
Nang pen chekak nanglo pini arni.

Durmi kimi, Samphri Manai kimi ahut le
Itum puthot chetongthu pame nang.

NINGDIP DIP SIDO

Pei, itum apirthe kopilo kachemanpo?
Itum apirthe ke athaksi alon kedochot lopei
Matha pangchim dam lote itum apirthe thangta avelo,
Bang chehe aso api aok kachechodordesi
Non itum apirthe along kevang nephere ong pei.

Itum arun aklong pen nang kituktuk
Nang arki arjudun longlema?
Itum apuru phandar along
Tangka-Maha, Ser-Rup
Kabirti ason anta bang roi pon tanglo pei.

Itum ke langdunding anchot lo
Lamthe isi kiju dunji ajakong anta
Nangbopbom tanglo pei.

Itum hem isi angbong
Charnam kachetonte, kacharvo, kachekhamkhe ale
Non itum chethek longbomlo
Pejo-pejo pen itum akai
Kopisi cheman jine, nangli munthi loma?

Nesi chok nangji, nesi hai nangji
Nesi plang nangji, nesi tangka maha donangji pu
Alamthe pen itum hem isi angbong kacharvo,
Eprang akai aphan chematha thepin chenam
Inutvet akai chematha chotke nangli reng un'e neli reng un'e
Tereng amelor ason malomso kithurvur chot si manpo.

NESENG ARUVE

Nephi, neprang, nerep, nerai
Nangphan nang chirilo kanghon
Kai arni ason nang nedung dojibon pu.

Nang pen kachetongcheng
Chiklo ejon aphi
Itum banghini kachechak alam.

Ne pen tangrapet aseme
Doan tengne thai loma nang?

Ne ahok chitinkok ajoine
Nang kanghon araki kelong pame lobong.

Nang phanle chingki longlete
Nonke ne dothekthe tanglo.

Nangle nedung ave pulote
Sai anta klem thekthe
Nang phansi matha e titi.

Nonke ne kopaisi kave chenamlo
Aprang pen ne nang phan
Dengrong alam masapta
Ne ning nepok vangve.

Nonke nephan mongve aloban ason
Nepeman tekangdet chenam lonang.

Ningdukjin alunjir pen
Nang phan jadi pon bom ahut
Nesengve aphan chethan chepare ponbom

"Vangpo, Nang chirui thupo pusi"
Sengkan phli neseng aruve aphan bai bom.

Non ke bai un'e tanglo bong
Nang chirui vangthu non.

NE DUNG NANGLE AVETE

Kangreng krung asining
Ruve thepikji ason,
La ke'op lu amahun
Akelok pen a ki'ik
Nang chepharlep bom tanglo.

Manai nonke
Nang phan nang chingtung ongta
Nang theklong lelo,
Bang mahun ki'ik
Nang patebinthip tanglo.

Ai ne minta ong
Puan arni ta nang kedo chotsi
Nekai aloti katheang chot,
Pini pen ke nang phan
Nang theklonglelo
Athe mahun ki'ik si
Nang tebinthip poke.

Nangle nepen-
Kahelo dokok lote
Kosonsi neseng karong un po?

Umhumm ! Ajat abidi pen tame
La ke'op thip a amahun
Pasai vek nangpo.

Athe nangta chini loke
Nang phan nang theklonglete
Dothak anta nethekthe puke.

Nangle nedung avete
Nesengve nangkroikre lipo
Neseng aruve le nang kejang lote
Nangta neta paham chetorokji.

NE KARLI DET APHISI NEDUNG VANG JIMA?

Seng ta chekhang un'e lo
Pini arani anke.
Chonghong chonghong ta
Chikirla le nangsengve.
Arnisi le ingthang vak ta sonthakthak,
Arnisi le ingthang vak ta sonthakthak.

Nang charnam nang jujibon pusi
Kaike ne kachonghong.
Sonsi, nesengve ta chepathe ponbom
Nang chikirla pobon pusi.

Nang chikirla ledet kopi?
Nangke sengve ta avebon nephanke?

Kaike loti nang cholangding
Nang nang chelo jibon pusi.
Bonta, vangve nang laso aloti
Chelothu kaprek aloti.

Sek'ik nang jangring anvet lo
Nang phan jadi damlote.

Ahok senghangdet ajoine
Kosonsi tengne un jine?
Volule pusita un'e
Athe! Ahoksi senghangdet.

Non ke nang chelo nang nelo
Mone karlidet aphile
Nang chelora,
Charnam nangju dunnon

Nang kavolu ase pen.

Non ke nang chinine
Nang phan ko'an senghang lone.

MANIM ALONG CHINGTUNGJIN ARJAN

Kanghon, nang phan nang phere ong
Sengno ason komentu neke nekepangnek
Mentune ke neke nekepachiru titi.

Ahut pen ahut ke nang nang ketoi aling nekeklem nang
Lasi kanghon nang phan nang pherepik.

Sintu amanim aphan ta nangsi raki neke palong
Sengve aphan ta nangsi kebai.

Mo sengve kavolu lote
Nangke thang aduk ave;
Sengve aphan ne chinghonpik
Masap ta kavolu lang ingtungte
Labang nang seng chibipame tu KANGHON .

Sintu ke amanim chot
Epuvet asintu kaisuri edunde
Mo kachekidu lote neseng volu jokjelo

Lasi kanghon ne nang phere ong.

Oit! Non malom neseng prekvi tanglo
Ne kethan aling ne arjuje tanglo
Nangsi neseng aphan kejalin pon loma pima?
Ne phere ong, ne phere ong.

Kangjui un'e pin asintu apu amanim
Neseng along nang tokjin sido.

Kanghon pen Sengve chelanglok si
Non tangte Tarlok aphan bai tanglo

Lake ne jadi un'e pin alamlo.

Ne lang un'e lo
Mangmun along kachingtungjin arjansi
Neke paklang lipoma pima?
Nangtum ke nang nija so ong.
Laso arjan le neke paklang lote
Nedung nerai jengki chesik ta choklo.

Ning kachethe damke
Vothek-voso ase le arju longlote
Thangthedet tahaiji.

Chingtung char'i apirbi le kesom lote
Jengki chap therok nerkep ta dordedet jibon;
Lahenlo ne kaminta naike
Athe non ke Kanghon, Sengve, Tarlok chelangpong tanglo.

VECHENG AHUT TALO KEPAR

Nang pirthe pen nepirthe
Prek tanglo;
Itum kachetongji ang'ang
Prai tanglo.

Tharve jangre along
Kachepa'ok dun
Ne parai kekap lote;
Nang buking si nevan nangji
Ansi nerong nethon dun nangji.

Mahun aphar along
Ingthir'et arun sonse tanglo
Ladak si ne kesom nangpo.

Ruve, mongve, mahun kethak
Asai nepek tanglo.

Ruve nang keklo lote
Nangseng jadi non;
Nang kachinghon nai amachor
Kavolu lo pura.

Nang pen heloving damde
Nang phan seng pa oi'e pu
Alamchak nang pinak lobong
Ne phan nang dia det non.

Hotur ajoine asai jokje
Ne chelo nangkok po bong.

Pirthe somtik ako

Jut un'e ne hotur keklang,
Non tangte jut un'e pin
Ne charnam kachethan si.

Mangmun along kevangver nephu
Nang jinso ong pu nekeju tekang.
Alang arun nekarne pon
Ne chelodun nangpo.

Kechokche nephan nedin nangne
Kelele nephan nedin nangne
Sumsi pirthe kahache kechoklim apun ave.

Ne lunjir, Ne hirjir
Ne raje, Ne kanghon
Kaike karlo pen kijui ji kemon
Khang un'e lo bong.

Hi'i langno arnam langno hai tanglo.

Lahenlo kepadusi lo bong.
Ne chelopo...

MONGVE PEN LAMTHE ISI KACHETONTE

Niphai 06 chiti achiklo
Nang Pirthe kahache arni lopusi;
Nang pirthe hache ta
Ne pirthe hache asonthot si kethek long.

PUBG pathu bom si apor kepadam
Porphai krehini an kachonghong
Nangphan nesi hirjume pajir long paprang nangjipu.

Ruve jangsir amat ingsamdop sido
Ove abotor ason.

Ning karong pen lamthak pijibon pu
Tisi Rongvang apor an nang kachonghong
Volo kiku ase serang chitlo.

Lirchot si kaprek aphan ke
THANK YOU pu lamthak pidun bom.

Nephan lamthak avedet si
Matha nodak anke dolo
Arnivang ason kalidet si.

Arnivang ke nele phone nanglole pulotangte
Nang seng kithi jongje jonghe,
Arnisi angbong phong kep ingkoi
Minit plipho eboi along kachingkiki

Koan aphar ne lank kilut
Longklak nang ke'en pidam
Lahei alam chetengne et loma?

Thangta kali lipo
Nephan nang kachekak lipobo?
Rupha Ason tangka suri suri kepajirthekthe
Ne kanghon pen anparke ke

ANGSU

Sengkreng apor lo apotsi
Samphri kevangta langmepik;
Sengkreng amonjir nang kivut
Seng ingsamjet sido.

Chubok arvo ar'e amutot'ren
Rimunjong pen kardak
Emuke nangrojibo?

Aprang ke majitso adongchot
Itum pupu arkankroi;
Non tangte vekchetorok talo cheman tanglo
Itum pupu kachetang theksi'i sido.

Ne sarti along klem hik hik
Munklovi ong kanghon;
Itum katiki kanghon aklim
Rupha ke ekechor pilok lo.

Rupha asarti angtang so'ong
Ne vibong keklem hamhepin sido
Itum banghini angbong
Kanghon angkur kachesak thirthip lopu
Koan lone seng kachethe.

Non tangte sampridang tanglo
Votek-voso ase anta ingthongvi sido.

Nang ta maino pangrengnon
Neta pangrengpo kanghon
Nephan nang kijuji alam doan
Maino aphan jura
Nephan nang pathan non.

LONGTAR ATHAK MEKBUR ISI

Ahut pen ke nang padonosi titi
Kithurder apot tong
Sampri aso nang karbok lone pine.

Nangle mangmun along kevang lo tangte
Ne pirthe aphan cheteng nedet titi;
Nang long nang keparongro dunsi
Kaike apor kepadam dokhangjang.

Kanghon amihi nang ar'ut aret rinon
Saijokje sek'ik apirthe chelo nangkokpo;
Sengve herai asonben ningduk jinsido
Nang kanghon araki kelong lobon.

Longchor alank ahovat
Dokchop sido jun varet meme;
Adapprang ahun melan pulotangte
Nedung nang patebok'ri sita.

Singnam pen volarbom ahut
Itum chichinine lang.
Mili ahem kim rapet ahut sengdodampri sido.

Nerijak nang pasim ahut nerengmi thurprok
Thang aphir ave dirda alongsi kangbodun.
Hinchongpi Hinchongso kelakha
Itum papleng un'e loma?

An ingnampi angbong apot
Thangta ave ingthongvi;
Mukbur alamle jadi lote munklovi titi
Lahenlo Longtar athat mekbur isi.

KOPAI ALONG SEK'IK ARONG KEVANG

Non ke kopisi kedolangma
Voku thethom apor
Mongve ruve vangsi
Kanghon aklim do'anta oi pon tanglo.

Erong rong nivet kepangjokta
Samphri angtang pen thitanglo.

Jaidi le tangdamlote
Chekopdop pen munthi ding anparke
Ing'i kevang alam
Jadi damthek thedet lo.

Masapso achili nangkipi
Kube pen ketak ketak;
Plipli-pijo, Votek-voso pen
Sengve cheparong rapet jipu.

Batai isi kanghon aruve kevang
Kanghon aklim thurvur sido;
Kanghon aklim rengsapsi
Chingjokpro tanglo.

Nang pen ne
Pak koan lone kido chepachoi
Apaktin le purta
Lamthe isi cheklang dong sido,
"Phere ong nephan nang che o detri
Nepen heloving damri
Nedung si kaike do nangji" pu

Ai... Kopu jilang kopai ta

Thivin thevan ruvepi mongvepi kevang
Inghun aphar aphar along
Nangphan nang kirungpon
Mangmun asonben nang kethekdun long.

Nang kavulu asek'ik durmi kepacham kang
Phurkimo pacheman lonang kanghon
Apor apor lote sankur nang pangduk lonang.

Saijokje neseng arlo kihingthip
Kanghon ahonjeng kedak,
Saijokje itum kanghon atilup kachethak nang
Sita kopu lang e ing'ang along dokok apot lo.

SAMI APHAN CHARNAM ETHE

Nang jongsi ne machor chemante
Ne ranivangta nangchinghon ji;
Nangle sumpungvet sengve ke'oi lote
Ne nang phan kaike seng nang parongji.

Sami nang henlo ajat akrong tame kemenai
Nang henlo mindar angbong pen kelangmenai;
Keklem kedam asai doan seng chingsampik
Kaike doverji kanghon nang phan.

Nang phan juji pu acharnam
Neseng asirkut arlo kabirti;
Mentusi apor keme nang leji pusi
Ranivangta kachonghong bong.

Nang phan Charnam ethe jujipu
Lasi bong nephan chojak detri.
Nang keklem kedam seng ingsampik ajok
Nang phan neseng nang chingsam det lobong.

Nangle nemachor chemante
Kaiketa nang chinghon ji bong;
Loti ebeng puke minta ri
Ne nang o kangke bong.

Sami kanghon pen
Lamthak mesensi nang pipo pusi
Sengve chethe lo nang phan.

ARLENG DAILY PEN MALOMSO

Phurkimo aphar along
Ser adak pen ketokrap
Non thirthip tanglo.

Ingki ingket karlo penle juirap tame
Phurkimo along ingjir un'e pin thirthip doji.

Sankur ahirjume pen
Phurkimo kithir ji
Lahenlo ketang sengve karong.

Birta amongve nejap lote
Mentune ke sengrunvi,
Mentune ke sengkarong
Arjan nang kacheklang.

Nihang, nijang, Nirep, nitur
Nangphan chinine bang ave
Ranivang nang mongve kejap
Birta nekethan than
Lahenlo sumsi sengve kachethe nang phan.

Samphri, Manai
Langroi langjeng kithir ason
Kaike thirthip tu nang.

Adapprang ahun melan ason
Nang chemanri.

Mahun le nanghup sitame
Sankur doan chepeng pen
Nang pherang dunsi

Samphrikimi atur along
Nang birta chonghong ji.

Ranam pharo ahirjume
Pathir thip lonang.

SARTI ANGTANG PEN SEK'IK EBU

Sengve arlo-
Dengmet arvo Kaike kangjui,
Bang bang adengmet tangte
Arvo kechan plung kepapu kelangme.

Neta lason ar'i dunduk ti.

Hakir le kaminta nang kali
Samphri atur le kaminta nang kali.

Hokhung kevang si
Angkur kiphur pon pon
Mekthekdet ta dodun joi anvetlo.

Mo arong keprep ahut
Nephan nangdinri;
Mo nang chiriri.

Klolin apirthe loksi juiji
Katheang along sobar ong ong.

Karlu adondon kaike
Nang kithum dun
Suri amulok dota
Arlu rapet nang pu neju bang ave.

RAMTHI SILANGMA?

Vecheng pen ningkreng kachekak ahut
Asap ramthi mechet,
Tiso Rongvang apor ahut
Volo nang kangthur anta thekdun longlele.

Longki thurnon
Thurder lote arni aso ebok det apot pu,
Nepei nang kangthur thur anta
Ne chethek dun longlepin chenam.

Saru maino aseng cheparong ase
Ne arju dun longpri pri sido,
Ne ning ingthin reset
Sitame nekeng kardikhup ajok
Echak antane chirung un'e
Ne kaminta kopisi nekai cheman pone
Apor arni ranam nang ingsai po.

Netum achiphong pen
Ason ason kenangji pu kachiju ahut
Anta ne thekdun longleset ke
Mena aphan monit chehok ingtungte tanglo
Athe nechephong amekar atum kisung
Ahut ne kapajok dun thekthe
Ningdukpik chenam.

NANG PEN KATAPLI APIRTHE

Nang rijak pasim longlote
Neseng longku alangben jibon;
Nang kanghon amanim
Inghun pharkre hini ta klanplung sido.

Kanghon amir apot
Ning chethe klong sido;
Kanghon amir katiki ajole
Humri dam lote nepirthe thangta nangne.

Nang lamthe sumsi aning kehai unchot kali
Vothek-voso asengve ta kehai un alamthe;
Nang lunjir ase angtong karjuji
Vothek-voso nang kangjar angdi angdi
Nang ketangdun seng arong ong.

Bong'oi alunjir nang kilun
Ne arju dordepik lang;
Nang kedo thekso'i tame
Nang lunjir ase angtong
Nang lengjon sido.

Kanghon amongve
Nang ke parting pon;
Talo alangben nesengve
Nang kithur dun.

KAJADI

Neta un asonte
Doan ta cheman lapji,
Sintu apu ason
Kaprek kaprek apu
Nang cheparjan ji.
Mukak alir ason
Alir alir nang cheparjan ji.

Ta ! Ne un'e
Ne ok nang kecho
Nevi nang kangsip atumsi
Aphai nang ongmunak.

Aphong aphong
Ne jakong kachetir ahut,
Jakong nang kapabopdun
Nesenghondukpik chenam.

Ne un'e lo, ne un'e lo
Pini ne sarti paruve
Talo alankbi ason
Nesek'ik cheman jokjelo.

Aphong aphong
Ne jakong kachetir ke
Mena ale aphan kali rat ale aphan.
Nangseng arlo
Aklim kevang bang apharho arong
Aklim pathi melo.

ATHIR KAVE AKANGHON

Nang kanghon tula asonben
Urli kejap aling kachingbedun,
Nang kanghon athir chipi asonte
Koan sengve karong jine.

Nang chinine
Nang phan kanghon
Kedokok abangphu
Koan aseng kiduk lone;
Eboi kavoludet asengve apot
Non pu arni anta kavolu nang
Ai….! kopi cheman det poma?

Itum akai,
Samphri pen manai asonben si plangpo
Taineh pen Jirjar asonben si plangpo.

Neseng arlo kajadi lamthe isi nang jujipu
Ne nang dung an kevangji kabor'i
Nangke nephan nang theklok lote
Chepatibin thip titi.

Nele nang phan kanghon dota
Nangke avedet apot
Nele kevangji aphan bor'i tame
Kaisuri ta nang pale un'e lo bong.

Bong pini nang pen
Kachepadi apor nangle tanglo
Nang kai along ne kevangji kabor'i
Nephan nang dia det non.
Non eboi apirthe hacheke

Kopaisi kave chenam lo bong
Lasi… chepadi lo nang

Ne damthu lang…

RIPAK ASIN

Pejo penke inghun pen jui rap po
Malomso aphi mongve krungsai dopo
Sining kabirlak lote tang non
Ne raje theklongpo.

Ruve abutin along birta nanglo dunpo
Nang seng jadinon
Nang kanghon kavolu lopura.

Samphri atur ben theklong tame
Tapli lo pura seng karong tinri
Sengve aklong alam nang chechar un'e

OVE ARJAN ALONG ITUM BANGHINI

Nangle nedungdo pulote
Nesengve ingthir'et ason;
Nangle machar kesom lote
Neseng arlo sonsuri acharnam keparongro.

Klolin ahut nang raje asonben
Vangnon vangnon pu nekehangpon;
Sek'ik alankroi suding itum telong kevekpon.

Monjirso vangjir ahut
Nesengve pen nang raje
Kachepalamso nang arjudun longma?

Nesengve tangte nangdung
Kevangji kemon ranivang ta;
Sengve karong asanchom le somse asonte
Panijasin si dolipo.

Ove avarmon mepik lisi katapli kelong
Pu sonte itum sek'ik pensi keparongro;
Tharve, jangphong arong alongsi
Seng dam'e lipo.

BAJIRONG KEPRAI

Kai kirla ahut
Langroi langjeng kili kachirui
Sarti along sek'ik pen anparke theklongle.

Mongve langno nang kejap
Chiputhek thepin
Itum bajirong keprai
Hunmelan asonben.

Saru maino ase alamthe
Asonben karjume,
Sumsi aphan aseng pakirla
Munthi un'e pin chenam.

Ramthi the aprang kajadi
Sek'ik pen ne kijui rap,
Tiki rapet ajaidi
Itum kacheplak nang
Bang sumsi nang tapli po.

Itum ajaidi ajo mukak alir
Kitur ji dok dok ahut,
Sining mahun nang tibin thipsi
Bor ruve nang kejang.

Nang kormandu along inghong dingsi
Nang ketapli nephan
Ne sengdukpik chenam.

DER DELO NE KARLIJI

———◆———

Samphri atur dotik chot
Ne katapli araje
Pirbi alir votek voso pensi
Sengve cheparong dunbom.

Malin kangtingkuk ajo
Sumpungvet ne kajadi
Monjirso vangjir apor ahut
Nangse angtong nang cheparjan si
Ne phan nekehang
Vangnon-vangnon pu.

Ne thang aphir ave pin chenam
Ne phan nang kehang pon aling nekachelo dun
Malongpi angbong malin kangtingkuk ajo
Ne phan nang kibi damkok ke
Manghu meme chenam.

Kanghon nang raje asonthot kemati
Nang pen masapta kacheprek ave
Nang phan nang kachitin sine
An malin kangting kuk sitame
Ne kachelo dun.

Ne kopai mepik lisilo
Rongphar hem neni le
Nang thekdun longle asonte
Pini ke Bitu, Ingki, Ingket pen
Kachelem lok sidopo

Chenam ta neseng prekpik tanglo
Kaike mangmun along tame

Simlir apirthe kengkam chejar'e
Mangmun along tame
Malongpi athepai alongsi ne
Sengve dodam'edodam'e sido.

Oi nanghe…
Kopisi kajadi lo?
Nang junon nang seng alam
Ne arju ingtung ong,
Nang pen kachetong
Kapadu silo pule
Pudet ta choklo bong.

Sai jokje chelodun nangpo
Simlir apirthe.

CHIPU THEKTHE PIN ASENGVE

Da angrong nangke
Chetengne'et loma?
Kedam tang arui lale ,
Nang phan Mobile pen
Nang kiju hene.

Pini pen lo angrong
Rongsopi along kethe nei
Lapen, keban nang rong aje
"Karbi Riso Nimso Arong aje" he

Nang nephan
Mobile along nang kiju
Kechengsi arani pensi ,
Rong aje tang dunji pu
Nangke chetengnedet bondi?

Nang chetengnedet tahai pusi
Pini nang phan
Puthot mobile nanglo thulone,
Chesik chedang non angrong
Nang sengkehang arani pen
Nang pon pone
Rong aje aklam along.

Chesik chedang non angrong
Rong aje chelo dun nang pu
Alamchak thir tangklong le
Kopusi pini nang seng pharlep un po mati
Da angrong chemat non.

Nang pen voham chetongji pusi

Ne tangte sengve katong onglo
Nangle nang chelo dun dedet angrong
Neke sengve oi pik ji nang phan
Da angrong ! Da angrong !!

NING KARONG PEN KAPHERESO

Pot lone
Laso alamthe arju longlok penke
Sengve ta kluk-kluk puset,
Non anta dover lang kluk-kluk pu arki hamhe
Kopi koson pen tong nang kedokok lone
Thang chipu dunthekthe.

Kanghon asengve tong nangkelut chok lone
Kanghon tong kedokok lone
Tangte kopitong kedokok lone
Manghu mangram et sido, kopilone?

Ahok ke ahok chenam lobon dei
Erui aprang neseng along pen kangjar apli-pli si
Kanghon nekevan pilobon,
Lamthe isi arju longlok pen
Sengve kluk-kluk lap sido.

Ranam nang pachekok jima
Neseng apli-pli nekevan pi akanghon?

Kamintaso ranivang tado
Mangmun along si
Nang kevanpi chot pute
Ne kanghong kachepalak ke
Thangta ale avedet po.

Hangjang angphar
Nang doi etjo kelangme
Lapusi neseng apli-pli ta kangjarji kemon
Athe amanim kemesi nang khelanjin sido.

Minta ong
Bangso amanim si
Neseng arlo nang kethap thot lone pine
Seng kluk-kluk sido.

NE MEKKRI I'PUM

Ne nang chejinso un'e
Nangtum thang adai ave pinpen
Nang pran kedam nangke,
Ne seng chekhang un'e pin chenam
Ne kavolu a sek'ik cheman tanglo talo alangbi.

Kopisi chemanji mati?
Lapuson mongve langno nang kejap
Arju longlok pen nangtum alam
Ne thang chipu thekthe,
Phurkimo langno cheman popu mathasi
Jo rani rani ne nang seludu
Ne nangtum aphan chejinsose un'e.

Senghonduk araje pen
Melur isi, Mir esangvet pen nang chikimo dunsi
Chomrongme dome thakme pu ahirjume
Nang hang pilo ranam angno,
Asengkan vang Pre 17 arni
Mekkri bu-prup pen nang chikimo
Netum nang tengne ne.

ALANK CHOR PRUI ASER

Nang penne angbong
Koan kacheprek dolang?
Oxygen atomon pensi
Nangta kereng'i neta kereng'i chot.

Mindar sumsi amuluk kedoan
Chethe isi pu chelakha dam un,
Tangte nephan pipot puan
Nangke tangre?

Nang seng along masap
Kanghon kajinso avema?

Nephan neri nekeng
Nang ke ot rin ahut
Kavolu pen nang choningri ta
Ne lamthe thangnat ajor ave.

Ai..!
Ahok ke ahok tema
Monit aseng alam nep un'e puke
Lengpum dong pahevoi pu ahok chenam .

Vomu along cheparje dun detri
Ingthir'et asengve alongle thir tu nang
Voham lam le kacheman lo tangte
Nangtang ut bangta avedet ji

Jonghe anam sotame
Alank chor prui aser ke
Sengkan nang dunde
Raje mumang le do'et tame
Plipli pijo nang ingvaive.

ARJUTHA PO

Avelo nonke neta po
Aprang ason kalilo.
Neta nangkri bom tanglo
Nang bop bom tanglo
Ne jakong horang anta po.

Pap pun asai choklem ri
Paklar duntu la i-pi longri,
Do duntu nang ning isi
Chinghon duntu nang sokarbi.

Mone chelojui arani
Ne nang chetang dunji,
Ha! Chom rongme pensi
Nang keklem kedam amo
Ning nang chingsam dunji
Kaike ta hirjume doji la nang phansi.

JITSO ANTAME

Sampri manai along
Itum cheparje dunta
Itumke un'e kanghon
Langroi langjeng talopi along,
Cheparje dunta
Itumke chopho dunde kanghon

Ranam nangkipi itum aphan
Jitso akanghon pensi,
Pirbi kesom sengchepangsam'i nangpo bong.

Sita kanghon-
Nang phan ne nang mintapik
Jitsovet akanghon pupen
Nang seng derdudet napu
Kaike tane seng arlo
Kaphereso pen kamintaso kaike tado.

Chuchu malom
Nang phan sengpaderdu longle
Nang phan sek'ik ibu ta paklo longle pu
Alamchak ne nang kipi
Lasi kaiketa nekaminta.

Jitso akanghon pensi
Itum rengdok rengni pen
Pirbi somdun alonglo kanghon
Chobai nang chekobir thahe
Itum sengchehang alam eri pen ero tame
Charnam edonklang
Lake jitso akanghon ajoine lobong
Lasi jitso akanghon ranam nangkipi
Li khinde nangne bong.

MEP RI'RI

Nahok pen non
Nedung nang cheklangvek nangpo
Non apor nang phan kenangsot,
Ne chethe sin sin apor ahut
Ephong anke nang raje
Nang tang tekang lang.

Ne mek chiche aprang
Nang nedung vangvektha.

Aprang pen juhaihe acharnam
Nesengve arlo kabirti
Non nemek chiche aprang
Nang nedung vangvektha.

Ne phan chojak acharnam doan
Nang seng pen chevar ra
Malomso nephan nang tangplithatangplitha.

Nangsi chininedet chotlo
Nang kanghon araki kelong ajoinesi
Pini halin aphongjang chelo nangji
Apor nangle tanglo.

Ne chelo nang pobon

Nang tangte ranivangta
Rupha pen kangnek kaningje lok,
Nangtangte ranivangta nangseng cheparonglok,
Netangte ranivangta
Kavolu nesarti pen sek'ik krengkre,
Netangte ranivangta choran choche junje si apor kepadam.

Nangseng arlo along
Masapta kanghon avepin loma nephan?
Malomso akanghon nang kapajir nephan
Nesengve oipik chenam.

ATUR NEPITHA

Apor arni mesen ahut
Angsong tang pen
Hinchong atur kalakha
Ne papleng un'e.

Mep-ri ri atur
Ningdip dip ong;
Nekai pen pangbar dam lote
Atur kadure thektik.

Klolin apirbi pen
Mantusi Katheang apirbi
Kachelar long poma pu
Neseng kajadi kaike.

Ranivang chonghongding sido
Samphri kimi atur
Komatsi nang kirik jima pupu;
Apor arni kachelar ahut ne kajadi
Klolin apirbi pen kachepachok jipu.

Mantu arni pen lone
Kengkam kachejor kecharli
Pini arni anta chejor dunthekthe.

Itum seng chepabi nangne
Samphri kimi atur
Non itum apirbi along
Nero dap po kanghon.

SEK'IK PALANGBI

Kopisi nang ingki kedet lo?
Kopisi ne kechokchelo ?
Potsi pu'an cheso aret lo?
Vir et lo itum jirpi-jirpo ?
Potsi charnam patu aret lo?
Potsi nang langset aret lo?

Ingnar up jite atehang masi
Lam chipujite ethengno masi.
Pi acharnam sinang juji
Junon nedung pini.

Nang sengve arlo bijoi acharnam ke
Thang amenu ave.
Nang judak tame
Nang seng kekek do pute.

Rupha pen charnam charnam chiju aboitin
Nephan ne charnam judun nangne
Nongno nangpi nangne.

SAMI NANG KACHINGKIME

Seng karong pen itum banghini
Rong aje ketang dun
Ne tengne un'e.

Nang raje kelangme
Manai atur sonsi
Ne pirthe kaike turbong.

Ne nang phan
Nang ketang ahut
Nang nang kijudun acharnam
"Ne chojak ong
nang tang aret ri " pu

Ne katapli amumang pensi
Nang phan nang kijudun
"Kopi apotsi nang nephan
puan chojak aret mati ?"

Itum banghini
Dam rapet vang rapet
Nang phan nang rijak
Nang pasim kangtung chojak det napu
Ne kaphere nang pasim haihe.

Nang kachingkime he
Ajat asonle nang arjuta
Nangne nangne pu
Him chojima puta, choche
Lank junjima puta, junje pupu
Neseng karong onglo neke
Athe dihin kadure penke.

Halaso arani nangle ason ason
Nang hang asonte
Neke kaminta nang sungvik po
Athe nelong ke dihin kadure thektik.

NE DUNG VANGRINON

La kilithor asek'ik
Nang kopilo kitin?
Tereng amelor ason
Malomso kithurvur akanghon chot ke
Kopisi kedo langma.

Ha… tangtha
Bang votek voso atum ningke
Kachingki chethan puan alon kedopi
Ranivang kangnek kaningje kilun kekan
Nang lason apirthe ar'i dun dema?

Pangbar dam me
Samphri pen manai aphan
Sengkan suri suri kachilit nang
Non itum akaita
Lason cheman jokjelo bong.

ANGPHAR

Emun pen non ke
Angjar antanglo;
Ansi plipli pijo
Chejeng chejeng lipo.

Nang pirthe le nang kele lote
Ne manghu jokje det titi;
Lahenlo kachepu thekthepin asengve ke.

Langsun ati'ui nang kejap
Sengve aklong chechar'et;
Herai asonben.

Tiso rongvang apor
Nang manim henlo
Mekbur nang kangthur thur.

Voloki pen Samphri
Chongho pen Ruve ason
Nang penne angbong esonbak ke dolobon.

Non ke nang manim hai tanglo
Koan si ningkok chere'e kedo unpo?
Nang dung nangrai votek-voso
Plipli-pejo kaike keparongro.

NIHANG ATELONG

Talopi along
sumpungvet Telong kevek;
Urli pen lank ali kijui ahut
Ning klovi sido.

Jonghe arche pangjang tame
Lothe arong ke
Sengkan hini kethom edunde.

Echakvet hilik kihut
Hemtun keparjap ning chethedorde.

Eprang alam jadi dam lote
Ranivang ta munklovi titi;
Sengve angprim kateroi abajirong
Ne nang phere ong.

Sini, Noklang pen Hanthor
Pulote chini loke;
Lahenlosi kaike ta
Sengve arlo aruve klolin ahut keparuve.

Komatsi nedirda chinipo?
Komatsi neseng alam chinipo?
Kithu kedok kanempru
Ananim Keprai lo apotsi
Non tangte prairim si cheman.

MAHUN PEN SENGVE KIJUI

Sintu apu aphan
Seng kachethe puke;
Eprang ruthe angsu ke'e lo.

Jonghele kanghon parlorlo tame
Ko'ansi ajak edun po?

Samphri do Hakir kadure
Hakir do Samphri atur kadure;
Pu'ansi kaike apor nang kelem.

Nang nangkiju acharnam
Sengve arlo pathantan sido;
Kanghon pen kebai kebaisi
Non ke masap ingjir tanglo.

Lahenlo sengve kachethe ajakong
Puthot ne kelong.

Apor apor nang manim kachepharlo
Plipli-pejo kepatelang;
Ningdip'dip sido
Nang long nang inghu det napu.

Mo arnisi ke ladak pen
Pejo pen kedam lote
Maduta arki angdeng arju longledet tathek.

Sintu apu ason akanghon
Ingthir'et pusitame
Nephan nang pajir detri.
*N.B:- Mir apu ke thirthipthe malomso alon aphan chot lasi masap'o
kepangbar dam.*

NE DAMPO

Ne dampo
Nephan nang chiri rinon;
Puan arni pen sengve arlo kabirti
Alam do'anta mahunben plang tanglo.

Nang phan kachingtung ahonjeng
Sengve arlo hingthip titi;
Non tangte mentune pen
Ejengdak bom tanglo.

Ne seng alam komatsi chiniji
Nangta nonke nang chinine tanglo.

Mentune mangmun along vangsi
Nangju pame pobong;
Nang pen kachetongji ang'ang
Non tangte prairim tanglobong.

Halin si bochepathir dam pame pone.

Koan asengkan penlone
Kanghon aklim kalana;
Samphri angtang ajok
Mentune erong virbom tanglo.

Nang seng dotangte
Kanghon aklim along
Nang humri thabong.

Loti nang cholangdingsi
Dopo bong.
N.B:- Bangso ahirjir ove along aning kirun atum aphansi panong ponlo.